真夜中のまほう

真夜中のまほう

文／フィリス・アークル
絵／エクルズ・ウィリアムズ
訳／飯田佳奈絵

ＢＬ出版

もくじ

リンへ

1　マガモのおどろき

やどやの看板《かんばん》の中にいるマガモは、じぶんの耳がしんじられませんでした！　二百年ものあいだ、看板《かんばん》の絵としてじっとしていたのに、ウサギが目の前で立ちどまり、話しかけてきたのです。

「なんてこった！　さ、おりてきなってば。」

ウサギはくりかえし言いました。

「まだそんなところでボーッとしてるの？　オレ、ここを通るたびにキミがその看板《かんばん》にとじこめられてるの、もう見あきたよ。知らないの？　真夜中の十二時のかねが鳴るとき、そのときだけは、だれでも動くことができるのさ。夜があけるまで、好《す》きに動きまわれるんだよ。」

マガモはびっくりして首をピクッとさせました。そして、自分が動けることに気づいたのでした。

ウサギはせっかちになって、

「急ぎなよ、のろま。かねが鳴りやんじゃうぞ。そしたら、そこから出られなくなっちゃうんだぞ。オレは『ウサギと猟犬《りょうけん》のおやど』から来たウサギ。半マイル向こうのやどなんだ。オレは、真夜中の一回目のかねが鳴ると同時にとびだすんだ。イヌなんてさ、バカなやつらでさ。あいつらもおりてこられるっていうのに、気づかないみたいなんだ。もちろん、教えてなんかやらないよ。まっぴらさ!」

夜のあいだに『マガモのおやど』の看板《かんばん》の下を、たくさんの動物たちが通っていきます。でも、マガモはふと、あのウサギを見かけるのは十二時と、夜があける時間だけなんだ、ということに気づきました。それは時計のようにきそく正しく、二年間つづいています。ちょうど農場ではたらくダンが毎朝五時半きっかりにここを通っていくように。

「急いで！　急いで！」

ウサギが通りをかけぬけながら、肩《かた》ごしにさけびました。

「こんどこそチャンスをのがすなよ。」

十回目のかねが鳴ったとき、マガモはゆっくりと、しんちょうに体を動かしてみました。かたくなった羽をパタパタ、パタパタさせ、地面に落ちました。

なんだかしんじられません。もう二百年いじょう、昼も夜も、マガモは看板《かんばん》の中ですごしてきたのです。真夜中のまほうを知っていたら、毎晩《まいばん》、看板《かんばん》からとびだしていたことでしょう！

マガモは、からっぽになった看板《かんばん》を見上げて（とてもせいじつな鳥だったものですから）、夜あけまでにはかならず看板《かんばん》にもどって仕事をしよう、と心に決めたのでした。

マガモは、ずっと動かすことのなかった足をガクガクさせて、よろめきながら通りにでました。足の水かきが、小さなじゃりできずつかないように、しばふのはえた道のはじっこをえらびながら、ゆっくり、それはもう、ものすごくゆっくりと、村のほうへよちよち歩きして行きました。

まずは池まで行こう、と思いました。そこは、冬のあいだ、葉っぱが落ちて、木がはだかになったときに、やどの看板《かんばん》から見える池でした。頭を上下にゆすり、ときどき、黄色いくちばしをあけては弱々しく鳴き、まるで小さなおじいさんのように、木々をぬけて池のほとりまでやってきました。

マガモはかた足を水につけてみました。つめたっ！　すぐさまひっこめました。なんてつめたいんでしょう！　そして、もういちど、もうかたほうの足を、さっきよりも少し深く水につけてみました。水のつめたさになれてくると、こんどは池の真ん中のほうまで進んでみました。まるでふわふわのクッションの上にのっかっているみたい。マガモはウキウキしてきました。

なんてすてきなことでしょう。長いあいだ生きてきて、こんなに楽しい思いをしたことはありません。マガモは、毎晩《まいばん》でもこうしていたいと思いました。いい運動にもなりますから。

マガモは、なんとか池をぐるっと一周《いっしゅう》してみました。ひとかきごとに手足がやわらかく、動かしやすくなっていきます。

そのとき、池におおいかぶさるようにつきだした木の枝《えだ》から、葉がザワザワと音をたてるのが聞こえました。

「ホー、ホーーー！」

モリフクロウの鳴き声です。モリフクロウは、いつもよりうんと速くまばたきしています。

「おまえさんは、『マガモのおやど』の看板《かんばん》にいるマガモじゃないかね？ その美しい羽毛を見て、そうじゃないかと思ったんじゃ。いやあ、実際《じっさい》、おまえさんは、看板《かんばん》の中にいるよりも、水の中にいたほうがよっぽどりっぱに見える。いったい、どうやってここまで来られたのかね？」

「ま、まほうなんです。」

マガモは答えました。こうふんして、声がとぎれとぎれになっています。

「ウサギが、今夜はじめて、教えてくれたんです。十二時のかねが、鳴りひびくあいだだけ、だれでも動くことができるんだ、って。でも、夜あけまでにはもどらないと。じゃないと、なにがおこるかわからないんです。きっと、おしりの毛もふるえるようなことが……。」

マガモは、こうふんしたまま、また泳ぎました。

「おまえさんの泳ぎは、そんなにいいとは言えんな。」

モリフクロウはピシャッと言いました。

「あなただって、なん年も、なん年も、ずっと看板《かんばん》の中にとじこめられていたら、上手にとべっこないでしょう? ね、そうですよね?」

マガモは、水の上でピンッと背《せ》をのばしました。そして、おしりを空に向けて頭から水にもぐり、バチャバチャと手足を動かして、いっしょうけんめいバランスをとろうとしました。でもすぐに、水の上に顔をだしましたけれど。

「うまいぞ!」

モリフクロウはほめました。

「ずいぶんと楽しんでいるようじゃな。いっしょ

に泳げなくてすまん。わしは泳ぐことができないんじゃ。」

「そんな、ぜんぜんかまいませんよ。」

マガモはていねいな返事をしました。

まるで自分だけの池を手に入れたような気持ちでいました。池のはしのほうにさっとはいでてきたドブネズミが目に入るまでは。つづけて、水の中からガマガエルがとびだしたかと思うと、すぐに行ってしまいました。池の水面から目だけをだしていたカエルは、うたがわしげにじっとマガモを見ていましたし、魚だって、ほんの一瞬《いっしゅん》、頭をポンッと水の上にだして、急いで行ってしまいました。みんな、マガモをあやしんでいるのです！

マガモは、池のほとりまで、とぼとぼともどっていきました。

ところが、

「だいじょうぶじゃ。みんな。」

と、モリフクロウが大きな声をあげました。

「なあに、『マガモのおやど』の看板《かんばん》にいるマガモじゃよ。おまえさんたちを食べたりはせん。今日は、なんと、うまれてはじめてのおでかけなんじゃと！」

「それなら、こう言ったほうがよさそうだね。『はじめまして。銀の池へようこそ。』」

ガマガエルがもどってきて言いました。

「ほんと、そのとおりだね。」

カエルとドブネズミも声を合わせて言いました。

魚はもういちどすがたを見せて、

「池の底《そこ》からも、大かんげいしてるよ。」

と、こころよく言いました。

「みんな、とってもやさしいんですね。ほんとうに。」

そうマガモは言いました。

ちょうどそのころ、雲の向こうがわから月がすがたを見せました。それを見て、マガモは、どうしてこの池に『銀の池』という名前がついたのかがわかりました。まるで月が銀色のカップ、そして池が銀色の受け皿、というように光って見えたのです。

マガモはくちばしで水面をつつきながら、パシャパシャと水しぶきをあげました。そうして、水面にうつる月をつかまえようとしているのを見て、みんなはわらい、その遊びにいっせいにくわわりました。

ガマガエルの提案《ていあん》で、おにごっこがはじまりました。池をなん周《しゅう》もしながら、マガモを追いかけます。その遊びは、マガモがぐったりとつかれはてるまでつづきました。みんなは岸にあがると、モリフクロウの木の下でゆっくりと休んだのでした。

みんな集まって、まるくなって休んでいましたが、モリフクロウだけは大きく黒々とした目をしっかりとあけていました。

「おまえさん、ここに巣《す》をつくって、わしらと毎日いっしょにいたらいい。そうすればいつも楽しいぞ。」

と、モリフクロウは言いました。

「なんてみりょくてきなご提案《ていあん》でしょう。」

首のつけねに頭をうずめて休んでいたマガモは、答えました。

「でも、日中は仕事をしなければなりません。ぼくがいないからっぽの看板《かんばん》を、そのままにしておくわけにはいきませんから。」

「ずっとあそこにとじこもっているのって、いったいどんな気分なの？」

カエルがたずねました。

「ひどくたいくつだろうね。」

マガモはキラッと目を光らせ、ぶるっと毛を立てました。

「まったくそんなことありません。みんなと同じように、ぼくにはすべき仕事があります。言わせてもらいますが、ぼくはみんなに満足《まんぞく》してもらえるように、きちんと仕事をやりとげていると思います。『マガモのおやど』は、このあたりではよく知られたやどなんです。やどとしてはじまって数百年、ぼくが看板《かんばん》として『マガモのおやど』にかけられる前から、たくさんの有名な人があそこの屋根の下で休んでいったものです。だから、あの看板《かんばん》は、みんなのあこがれなんです。」

みんなは、心を動かされました。

マガモは、少しだけ声をひくくして語りました。

「もうひとつ。今まで、だれにも話したことがないんですけれど……。どうやら『マガモのおやど』の中に、すばらしい宝《たから》がのこっているらしいんです。」

マガモは、まるでおしばいのように、少し間《ま》をおきました。

「むかし、むかしのこと、小包《こづつみ》をかかえたひとりの兵士《へいし》が、やどをおとずれました。戦争《せんそう》へ行くあいだ、その小包《こづつみ》をやどのご主人にみていていてほしいとたのむのを、ぼくは聞いたんです。でも、その兵士《へいし》は帰ってきませんでした。おそらく、戦死《せんし》したのでしょう。そして、そのことをだれにもうちあけないまま、やどのご主人も死んでしまいました。」

「でもさ、『小包《こづつみ》』ってなんだろう。」

せっかちにガマガエルが聞いてきました。

「じつは、絵なんです。」

「なんだ！　絵か！」

がっかりした感じで、ドブネズミが声をあげました。

モリフクロウは〝絵〟ときいて、ハッとしました。

「絵というのはな、人間にとって、とても価値《かち》のあるものなんじゃ。」

モリフクロウはピシャリと言いました。

「わかるだろうが……まあ考えてみてくれ。それは、もしやなん百年も前のもので、有名な画家が描《か》いたものかもしれん。オークションでなん千ポンドという値《ね》がつくかもしれん。ナショナル・ギャラリーにかざられるような作品ということもある。」

「ねえ、その絵には、なにかひみつがあるの？かべにかけてあるなら、だれでも見られるだろ？」

ガマガエルはたずねました。

「はい、たしかに。」

マガモが言います。

「その絵は、食堂のかべにかけられていますよ。原っぱにいる二頭のウシが描《か》かれているだけのふつうの絵なんですけど。でもワクワクすることに、その絵の下にまたべつの作品が描《か》かれているんです。専門家《せんもんか》が表面にぬられた絵の具をはがしていってやっと、すばらしい作品があらわれてくる、ということなんです。」

「へえ。この村にしては、ちょっとしゃれた話じゃない。」

と、ドブネズミはおどろいて言います。

「このことは、ぜったいにだれにも言わないでくださいね。」

自分の心にだけ、このひみつをしまっておいたほうがかしこかったかもしれない、と思いはじめながらも、マガモはそう言いました。

「でも、みんなは今夜、とってもやさしくしてくれました。だから、ぼく、ひみつをみんなに話したくなったんです。」

マガモは、空が、わずかに青みをおびた真珠《しんじゅ》のような色になってきたのに気づきました。まもなく、にわとりが朝をつげるでしょう。

「そろそろやどにもどらなければならないですよね。」

マガモは言いました。

「こんなにすてきな時間を、ほんとうにありがとうございました。」

すると、みんなが言います。

「どういたしまして。またあした、真夜中に会おうよ。それまで、ぼくたちはなにかゲームでも考えておくよ。」

「ありがとうございます。ぼくはもう年よりですけれどね。あなたたちとはちがって……。」

マガモが言いました。

「そんなあ。ぜんぜん、年をとってるようには見えないよ。それに、すぐみんなみたいに、すばやく動きまわれるようになるよ。」

と、カエルが言いました。

「教えてあげるね。運動したあとに、手足がいたくなるけど、おどろかないことだよ。ひと晩《ばん》かふた晩《ばん》たてば、だんだんよくなっていくからさ。今にわかるよ。」

マガモは木々をぬけて帰っていきます。

モリフクロウがマガモをよびとめました。

「ちょっと待ってくれ。おまえさん、たしかこう言ってたな？　もしまほうを知っていたら、真夜中にはだれでも動くことができるって。」

「はい。ウサギがそう教えてくれました。どうして？」

「いや、いいんじゃ。」

かしこそうな、そして重々しい声でモリフクロウは答えました。

「でも、ひとつだけやくそくじゃ。明日の夜は、おまえさんをちょっくらおどろかせよう。さ、急がなくちゃならん。そうじゃろ？」

マガモがよろよろと通りを歩いていると、なにかがものすごいスピードでその横をかすめました。

「楽しかったかい？」

ウサギでした。

「まほうがうまく使えたみたいで、うれしいよ。」

そう言うと行ってしまいました。

にわとりが鳴きはじめるとほぼ同時に、マガモはやどにたどり着きました。羽をパタ、パタ、パタと動かすと、つばさをうまく動かせるようになり、看板《かんばん》のもとの場所にもどる準備《じゅんび》がととのいました。にわとりが鳴きやんだとき、マガモはすっかりもとどおり、とは言えませんが、いちおうそこにおさまることができました。

朝の五時半になると、農場へ向かうダンが通りかかりました。

さて、この少年、ちょっとぬけてると思われているのですが、みんなが思っているよりずっとたくさんのことを、じつによく知っていました。

ダンはやどの看板《かんばん》を見上げ、立ちどまりました。柱の近くによって、もういちどよく見ました。

「おいおい、いったいどうなってるんだ！」

ダンはつぶやきました。

「これ、ちょっとおかしいよ。」

そうして、やどのドアをドンドンとたたきました。なにも返事がないので、こんどはもっと大きな音でたたきました。すると寝室《しんしつ》のまどがあき、ご主人のショートさんがまどから頭をつきだしました。

「おいおい、ダン、こんなとんでもない時間に、いったいなんの用だ。」

いらだった感じで聞きます。

「ショートさん、すみません。看板《かんばん》のマガモが、いつもとちがう方向を向いています。それ、お知らせしたほうがいいかと思って。」

ショートさんの顔がさーっと青ざめました。

「まったくばかげた話だ!」

ショートさんはげんこつをダンに向け、それをふるわせながらどなりました。

「帰ってくれ。早く行って、トーマスのウシの世話でもしていろ。まったく、まちがった方向を向いているだって？　あきれるぜ！」

ショートさんの頭はひっこみ、まどがピシャッとしめられました。

ダンは肩《かた》をすくめ、青い目がかくれてしまうくらい、帽子《ぼうし》をまぶかにかぶりました。ダンは、じぶんの言ったことをなかなかしんじてもらえない、ということにすっかりなれていました。

ショートさんは、その日、看板《かんばん》を見ようともしませんでした。ですから、マガモが教会のある西の方角ではなく、古い救貧院《きゅうひんいん》がある東の方角を向いていることには、だれも気づくことはありませんでした。

マガモは、というと、ダンに申しわけなく感じていたので、明日は時間をまもって、きちんともとどおりにならなくては、と思ったのでした。

2　池のほとりで

次の夜、十二時を知らせるさいしょのかねの音で、マガモは地上にとびおりました。そうです。こんどはとんでおりたのです。まだ体はぎこちなかったのですが、マガモは、それでも、自信《じしん》たっぷりでした。ですので、ウサギがやってきてマガモにならんだときには、もう通りを元気いっぱいに歩きだしていたのでした。

「またでてきたね。うれしいよ。きっともうすぐ、池までとんで行けるようになるさ。」

ウサギはそう言って、向こうのほうへ消えさりました。

マガモはワクワクしていました。ホップ、ステップ、ジャンプしながら、行きたい気分です。でも、どうやってやるのかを知りませんでした。モリフクロウはどんなびっくりすることを用意してくれているのでしょう。プレゼントかな、とくべつなゲームかな、それとも、真夜中の食事会でしょうか。

池のほとりにたどり着いたマガモは、ちょっとがっかりしてしまいました。なぜならモリフクロウが、きのうの枝《えだ》にいなかったからです。マガモが池に入りこんでいっても、あたりにはだれのすがたも見えませんでした。

マガモが、ガーガーと期待をこめて鳴くと、すぐに返事がありました。魚が一瞬《いっしゅん》、水面にあらわれると、ほかの魚がついてきました。池のまわりを走りまわる音がして、すぐに、ドブネズミ、ガマガエル、そしてカエルがやってきました。そのあとに小さな生きものたちがつづいています。マガモは、みんなに会えてとてもうれしく思いました。

「モリフクロウは？」

マガモはたずねました。

「ああ、モリフクロウなら、ちょっとおでかけ中。すぐもどるって言ってたけどね。」

ドブネズミはせつめいしました。

「帰ったぞー。」

いつもの枝《えだ》に、モリフクロウはとまっていました。モリフクロウがもどってくる羽の音を聞いたものはいませんでした。

「よしと言うまであたりを見まわしてはならんぞ、マガモくん。」

モリフクロウはそう命じました。

ほかの動物たちは、おどろいてじいっと見ています。

すると、マガモは首のあたりにあたたかい息を感じました。そして、ゴロゴロのどを鳴らす音でしょうか、うめき声でしょうか、なにやらうなり声のような音が聞こえてきました。もし、これがプレゼントならば、いや、なににしたって、好《す》きになれるとは思えません！

後ろを向いて見てもよい、とおゆるしがでると、思わず羽をバタバタしてとびあがりそうになりました。

「こわがらんでもよい。」

モリフクロウがさけびました。

「『ライオンとヴァイオリンのおやど』のライオンじゃ。さあ、美しいさび色の目をよく見てごらん。ひじょうに信頼《しんらい》のおけるライオンのようじゃ。」

ライオンは、口にくわえてはこんできたヴァイオリンと弓をおくと、舌《した》をだらりとたらしながらしゃがみこみ、みんなをぐるっと見まわしました。マガモは、このびっくりプレゼントは、せっかくじぶんのために用意されたのだから、一番にライオンにあいさつしたほうがいいかな、と思いました。

「あの、ぼく、看板《かんばん》なかまに出会えて、とってもうれしく思っています。」

とてもれいぎ正しくマガモは言いました。

「真夜中のまほうのこと、モリフクロウがあなたのところにとんでいって、教えたんでしょう？」

「そうなんだ。もう、気ぜつするほどおどろいた。まだそのおどろきからたちなおれないよ。ああまったく、看板《かんばん》の柱をおりてきたときは、体じゅうカチコチだったね。じっさい、二本の後ろ足で着地して、歩きはじめたときは……」

ライオンは、目をくるくるまわしてうなりました。

「わたしの足は、まるで竹馬になったみた

いだったよ。」

マガモはライオンが好《す》きになりました。ほんとうに親しみのもてるライオンに思えたのです。

「ちょっと運動すれば、体のかたさは、すぐやわらぎますよ。きのうの夜、ぼくが看板《かんばん》にもどったのを見せたかったくらい。よっこらしょっ、て大変《たいへん》だったんです。でも、今は、もうけっこう楽になったんですよ。」

モリフクロウは、枝《えだ》に大きな足でつかまりながら、前へ、後ろへと体をゆらしていました。

「もし、ライオンがそのヴァイオリンで演奏《えんそう》してくれるなら、わしが司会《しかい》をしよう。みんなでダンスをしないかね？」

ライオンは頭をたらしてしまい、はずかしがっているようでした。

「じつを言うと、わたしはヴァイオリンがひけないんだ。」

そう、うちあけました。

「わたしは、弦《げん》のA線の音もG線の音もわからない。たしかに百年いじょうものあいだ、ヴァイオリンと弓をくわえていたよ。でもこれはじょうだんのつもりで、だれかが看板《かんばん》に描《か》いたとしか思えなくてね。ほんとうに、さっぱり、音楽のことはわからないんだ。」

「へーんなの。」

ドブネズミがおどろいて言いました。

「でもさ、となりの村に、『ネコとヴァイオリンのおやど』っていうのがあるよ。きっと明日の晩《ばん》は、そのネコに演奏《えんそう》をおねがいできるんじゃない？」

「それかさ、『かねの音《ね》のおやど』は？　それなら、みんなで、かねの音《ね》にあわせてジグをおどれるんじゃない？」

ガマガエルが提案《ていあん》しました。

「それに、向こうがわには『ブタと口笛《くちぶえ》のおやど』があるよ。」

カエルが言いました。

「もしくは『ハープのおやど』。丘《おか》の向こうの。」

魚もつけくわえました。

「ハープがあったって……。だいたいだれがひくのさ?」

少し皮肉っぽくドブネズミが言いました。

「あのう。おじゃまのようなら、やどにもどったほうがよさそうだね。」

ライオンは少しいらいらしたようすで、くるりと向きをかえながら言いました。

「ねえ、おねがい。おねがいだから行かないでください。まだいいでしょう? 会ったばかりだもの。」

と、マガモは言いました。

「ライオンや、気にするな。みんな、マナーというものをわすれておる。」

モリフクロウは言いました。

「もちろん、おまえさんはここにいなくちゃならん。おまえさんは今晩《こんばん》の大事なお客さんじゃからな。ヴァイオリンのことなど、まったく、どうでもよい。音楽はわしらだけで、いくらでも作れる。たとえば、合唱会《がっしょうかい》なんてどうかね？」

ところが、ライオンには聞こえていませんでした。ライオンは、ふせた姿勢《しせい》で、耳を頭にぴったりくっつけ、ピシッ、ピシッ、ピシッと背中《せなか》にしっぽをうちつけています。

マガモには、向こう岸の、草のはえたあた

りに、白いしっぽの先が動いているのが見えました。

キツネがすがたを見せたとき、マガモの心臓《しんぞう》はおどろきのあまり、なん回かとまってしまいました。ぼくのこといいカモだって思ってるんだ！　キツネは、今にもマガモにおそいかかろうとしているのです！

すると、ライオンが池ににじりより、大きくとんだり、力強くうなったりしました。キツネがしげみのほうまで、あっちへこっちへ、転がりながらにげるようすを、まるで楽しんでいるようでした。

キツネにしてみれば、このライオンほど、りっぱでおそろしいものを見たことがありません。ですから、なんとかしてはいまわり、大急ぎでじぶんの巣《す》までにげていったのです。

ライオンはゆったりともどってきました。

「あなたって、ものすごく勇敢《ゆうかん》なんですね。」

おどろいてマガモは言いました。

「あなたといっしょにいたら、もうこわいものなんてありません。」

「キツネの連中《れんちゅう》は、ハエすらつかまえられんよ。もうずっと、マッシュルームやベリーなんかを食べて生きてきたんじゃからな。」

モリフクロウは言いました。

「ところで、落ち着いたところでだ。なにを歌うかね？　ライオンや、お客さんはおまえさんじゃ。決めてくれ。」

ライオンは銀色にかがやく水面を、うっとりと見つめました。

「長いあいだいた看板《かんばん》からやっとでてこられたんだからね。わたしはむしろ泳ぎたいなあ。」

ライオンは言いました。

「なによりも、気持ちよさそうだ。」

「ライオンが泳げるとは知らなかったな。」

魚が言いました。

「なにも知らないんじゃのう。」

モリフクロウは非難《ひなん》しました。

「アフリカではな、ライオンは川を泳いでわたるのじゃ。ちがうか?」

「へえ、でも、ワニに食べられたりしないの?」

「わたしたちライオンは、川をわたるとき、とてもしんちょうに場所をえらぶんだ。ワニたちがじっとひそんでいるような、深い場所を泳ぐほど、バカじゃないよ。」

そう言いながら、ライオンは水にとびこみました。ものすごい水しぶきです。

筋肉《きんにく》が波を立たせ、たてがみは水面に流れるようにうかんでいます。

ライオンは池の向こう岸まで泳ぎました。その後ろをマガモがついていきます。

マガモは、ひれ足をしなやかにするために少しばたつかせ、青と白のしまもようがよく見えるように羽ばたきました。そして、首をまっすぐ前にのばし、ライオンのまわりをとんだかと思うと、水上スキーの選手《せんしゅ》のように水の上をすべりだしました。

「おや、おや。たったひと晩《ばん》で、ずいぶん上達《じょうたつ》したのう。」

モリフクロウはほめました。みんなもそう思いました。

少したつと、ライオンがやっと陸《りく》へあがってきました。

「ふうー。思っていたほど、かろやかには動きまわれないもんだね。」

そうライオンは言って、ドサリとたおれこみました。

マガモはしゃべりながら、水からあがってきました。

「心配いりませんよ。言ったでしょう。明日の夜までにはずっとうまく動きまわれるようになります。まあ、見てて。」

マガモはライオンのそばにしゃがみこみました。すると、みんなもおしゃべりしに、まわりに集まってきました。

モリフクロウは言います。

「マガモのやどには、高価《こうか》な絵があるらしい。そのことは、わしたちいがいだれも知るまい。『ライオンとヴァイオリンのおやど』には、なにかおもしろい話はあるのかね?」

「わたしの知るかぎりでは、なにも。」

ライオンはため息をつきました。

「もし、やどに高価《こうか》なものがなにかかくされているなら、ご主人のハーストさんは、ぜったいに知りたいだろうな。さいきん、あんまりうまくいってないみたいだから。ハーストさんのお父さんがなくなったときには、わずかなお金しかのこっていなかったんだ。それどころか、借金《しゃっきん》をたくさんかかえていたみたいでね。ハーストさんはほんとうに心のやさしい人だから、わたしはとても心配で。それに、もうひとつ。もしやどがなくなったら、わたしも仕事をうしなってしまうよ。」

「ああ、なんてひどい。」

マガモは大声をあげました。

「なんとか、あの絵を『ライオンとヴァイオリンのおやど』にうつせたらいいのに。でも、どうしたってむりでしょうね。」

「〝かくされてる〟で思いだしたんだけど、たしか、やどのろうかの下に、井戸《いど》があったはずだなあ。」

ライオンがつけくわえました。

「でも、そんなのめずらしいことでもないか。古いやどには、井戸《いど》や地下通路がけっこうあるそうだからね。」

話をしていると、時がたつのはほんとうに早く、マガモは、少しずつ空が明るくなってゆくのに気づきました。夜があける前には、それぞれの看板《かんばん》にもどらないといけません。ヴァイオリンと弓をもったライオンがもとの場所にもどるには、ギリギリの時間です。ですから、いやいやながらも、マガモとライオンはみんなにおわかれをつげたのでした。

「ふたりとも、また明日の夜に。」

モリフクロウは言いました。

「それから、ライオンくん。ヴァイオリンをわすれんでくれ。明日は音楽を楽しもう。やくそくじゃ。」

「いったい、どんなことを思いついたんでしょうね？」

マガモがたずねます。

ライオンはただ、頭をふりました。ヴァイオリンと弓をくわえたまましゃべるなんて、しつれいかと思ったようです。

「じゃあ、みんな、さよなら。楽しい夜をありがとうございました。」

マガモはそう言い、ライオンはいきおいよくうなずきました。

マガモは木々のあいだをよたよたと歩き、ライオンはべつの方向へどうどうと歩きだしました。

ウサギがマガモをさっと追いこして行きました。

「『ライオンとヴァイオリンのおやど』のライオンをそこで見かけたよ。いったいぜんたい、なにがおこりはじめたのさ？」

ウサギはさけびました。

マガモは時間どおりに、看板《かんばん》へもどりました。でも、ライオンは柱をのぼるのにひと苦労《くろう》したようです。なので、朝早く、にわとりが鳴きやんだときは、まだととのった姿勢《しせい》ではなかったのですが……それでもとりあえず、もとの場所に入りこみました。


ダンがいつもの時間に『ライオンとヴァイオリンのおやど』のところを通りすぎ、看板《かんばん》を見上げました。そしてふいに立ちどまりました。

「おや、なんだ?」

ダンはおどろいて声をあげました。

「ちょっと、待ってよ。」

柱のそばにより、うでをのばしながらとびあがると、なにかが指先にあたりました。

ダンは、ご主人がでてくるまでずっとドアをたたきつづけました。

「ハーストさん、お話が！　あなたのライオンのしっぽが、看板《かんばん》の下に、少なくとも二インチくらいでしょうか、たれさがっているんです。もちろん、さわってみました。ちゃんとやわらかい毛だったんです！」

ハーストさんはとてもおだやかな人でしたが、とにかく朝早くてたっぷり睡眠《すいみん》をとっていなかったので、

「なやみごとなんかもうたくさんだ。借金《しゃっきん》はあるわ、お客はへるわ……なにもかもだよ。そのうえ、おまえさんがここに来て、そんな作り話でおこしてくれようとはな。どっかほかをあたってくれ。」

と、どなりました。

ダンはやどを後にすると、ため息がこぼれました。だれもじぶんをしんじてくれません。

ハーストさんは、この出来事をすべてわすれてしまいました。おそろしい悪夢《あくむ》を見たことや、池の近くでライオンのおたけびを聞く夢《ゆめ》を見たことなら、おぼえていましたけれど。

だれひとりとして、その日、看板《かんばん》をきちんと見ようとした人はいませんでした。

でも、ライオンはだれかに気づかれないかと、心配していました。明日は、ほんの少し早くもどってこなければならないでしょう。一日じゅう、しっぽの先のふさが風にゆれているなんて、この上なくみっともないことですから！

3　夜の音楽会

次の夜、マガモは通りを急いで走りました。ウサギがマガモに追いつく前には、池のまわりの、木々のところまで来ていました。

「なんだかさ、キミ、今晩《こんばん》はなにかたくらんでない？」

通りがかりにウサギが言いました。

マガモは、今回、なにが待ちかまえているのか、なんとなく思うふしがありましたが、それでもほんとうのところはよくわかっていませんでした。

池に着いても、だれのすがたもありません。いつものようにガーと鳴いてみると、池のなかまたちがガサゴソとマガモのまわりに集まってきました。

「今日は、モリフクロウはどこに行っているんですか？　あと、ぼくの友だちのライオンは？」

心配そうにマガモはたずねました。

魚がポンと頭をだしました。

「モリフクロウはすぐもどるさ。またべつのお客さんをつれてくるらしいよ。」

「帰ってきたぞー。」

遠くからモリフクロウの声が聞こえました。

「今日の大事なお客さんをつれてきたぞ。」

マガモには、ライオンがこちらへ、大またで近づいてくるすがたが、かすかに見えました。ライオンの黄金《おうごん》のたてがみをぎゅっとにぎりしめながら、その背中《せなか》に優雅《ゆうが》にもたれかかっているのは、いったいだれなんでしょう？　さらに、ライオンの頭の上に、ここちよさそうにとまっているモリフクロウのすがたが見えるではありませんか！

マガモは羽をバタつかせ、こうふんして声をあげました。やっぱり！　思っていたとおり！　マガモの考えはぴったりあたっていました。お客さんとは、人魚だったのです。草原の向こうがわにある『人魚のおやど』から来たのです。

さすがはモリフクロウ。まずライオンをよび、十二時のかねが鳴りやまぬうちに『人魚のおやど』に急がせたのですから。

「わしは、もうくたびれた。」

枝《えだ》までとんでいきながら、モリフクロウはそう言いました。

「ものすごく短い時間のうちに、『ライオンとヴァイオリンのおやど』から『人魚のおやど』まで行ったんじゃ。」

「わたしだって同じだよ。」

ライオンは言いかえしました。そしてぶつぶつ言いながら、ヴァイオリンと弓を口から落としました。

「おのぞみどおり、カラスがひとっとびするように、二、三とびで草原をわたったんだよ。」

ライオンは人魚を見上げました。

「でも、なんなら、毎晩《まいばん》、

この先なん年でも、いやこの先ずっとでもおむかえしますよ。」

「次は、こんなに急がなくていいわ。」

はずかしそうに人魚は答えました。

「もう真夜中のまほうを知ってしまったんだもの。私のほうが、柱からすべりおりてきて、あなたを待っているわ。」

ライオンは池のほとりまで、ゆっくり歩きだしました。

人魚はライオンからおりると、イルカの背中《せなか》のかわりになるような丸石にこしかけました。人魚の、長くまっすぐのびた金髪《きんぱつ》は、銀色のうろこへとつづくこしのあたりよりも長く、今にも尾《お》ひれにつきそうなほどでした。海のように青い人魚の目はきらめいていて、サンゴのように赤いくちびるは、にっこりとほほえんだ形をしていました。

「さあ、行きなさい、マガモくん。ごあいさつじゃ。」

モリフクロウが言いました。

マガモは思わず目をそらしてしまいましたが、またすぐに人魚を見ました。

こんなに美しい人に会ったのははじめてです。人魚が、マガモにほほえみかけると、マガモはあいさつがわりに、かすかに鳴きました。

「てれてるんじゃのう！」

モリフクロウは、からかいました。

「ちがいます。ちがいますってば。」

白い尾《お》っぽの毛をパタパタさせながら、マガモはむきになって池をわたりました。でも、そんなに遠くまで泳いだわけではありません。だって、こちらのようすが気になってるんですもの。

「みんな、ここに集まってくれ。」

モリフクロウが声をかけると、みんなは集まり、人魚のまわりをくるりとかこみました。こんなふうに司会《しかい》をかってでるのは、モリフクロウのとくいなことです。

「さあ、みんなそろったな。」

モリフクロウはさけびました。

「この銀の池に人魚さんが来てくれたこと、一同、大かんげいしておる。」

「そうだ、そうだ！」

みんな、声を合わせました。

「わしたち、みんな、あなたにヴァイオリンで、一曲おねがいできないかな……

と思っているのじゃ。人魚さん。」

そして、モリフクロウはつづけました。

「あいにく、ライオンは音楽家ではなかったもんでな。」

マガモは大声で言いました。

「たぶんですけど、人魚さんは少し休みたいんじゃないでしょうか。はじめて看《かん》板《ばん》からでたとき、体はカチコチで、どんなにつかれたかおぼえているでしょ？

ライオンさん。」

「お気づかいありがとう、マガモさん。」

人魚は答えました。

「でも、わたし、だいじょうぶだわ。ありがとう。しつれいだけど、わたし、あなたほど年をとっていないもの。そんなに長いあいだ、看板《かんばん》の中にいたわけでもないし。」

「そうかもしれんな。」

モリフクロウは言いました。

「ときどき、ふしぎに思っていたんじゃが、そもそもなぜあなたが看板《かんばん》になったのかねぇ。ここは海からはほど遠い感じがするのに。」

「それは、わたしのやどのご主人が、まだ『人魚のおやど』をつぐ前は船のりだったからなの。だからね、いつも船にのっていたころのことを思いだしたくて、『王さまの紋章《もんしょう》』という名前から『人魚』にかえたのよ。それで、わたしが看板《かんばん》に描《か》かれることになったのよ。」

「いいご主人なのかい?」

ライオンが聞きました。

「そうね、とっても。すごくやさしい人だわ。」

人魚は答えました。

「わたしのご主人もそうなんだ。」

ライオンが言いました。

「でも、どんどん元気がなくなっていってる。お金はないし、あまりにたくさんのなやみがあるせいで、体も弱ってしまったんだ。」

「ライオンさん、ずいぶんご主人のことで思いなやんでいるんですね。そうでしょう?」

マガモは同情《どうじょう》して言いました。

「どうにか助けになれたら、って心から思っているんですが。」

「わしたちは、きのうの晩《ばん》も、その話にぶつかった。でも、わしたちになにができるか今すぐ思いつかない。だから、まずは歌でも歌おうじゃないか。人魚さんの準備《じゅんび》さえよければな。」

モリフクロウが言いました。

人魚はヴァイオリンをもち、弦《げん》をはじきはじめました。

あたりは、いっせいにしずかになりました。葉っぱをカサカサいわせていた風は、ピタッとやみました。池の水面にうつった月は、まるで銀メダルのように、しずかに横たわっているように見えます。先のとがったヒルムシロの花でさえ、人魚のほうへかしいでいるように見えました。

「わたし、リラのほうが上手にひけそうだわ。」

人魚は言いました。

「でも、もし弓をかしてくださるなら……。ね、ライオンさん、ヴァイオリンもひけるかどうか、ためしてみようかしら。」

ライオンは口で弓をひろいあげました。人魚がそれを受けとると、ライオンは紙やすりのようにざらざらした舌《した》で人魚の手をなめ、となりにすわりました。人魚がそっと弦《げん》に弓をあてると、みんなはうっとりと耳をかたむけました。

マガモにとって、かつてこんなに幸せな時間はあったでしょうか。マガモは、ひと晩《ばん》じゅうでも、いいえ、明日もあさっても、ずっと音楽を聞いていられたらと思いました。

やどの看板《かんばん》の中でずっとひとりぼっちの時間をおくってきたマガモは、やっと、同じような思いをしてきたふたりの友だちを見つけたのです。モリフクロウとほかの小さな動物たちとのことは言うまでもありませんが。そのうち、キツネのことだって好《す》きになれるかもしれません。もちろん、ライオンがいつもそばにいてくれたら、の話ですけれど。

人魚は演奏《えんそう》をやめて、ヴァイオリンをおきました。

「かみの毛がじゃまになってきたわ。」

長い金髪《きんぱつ》を後ろにはらいながら、人魚は言いました。

「なにかないかしら？　ひもでもいいし、そうね、かわいた長い草でもいいかもしれないわ。なにか、かみの毛をむすべるもの。」

みんなは見まわして、マガモに目をやりました。マガモはすでに木の根もとをさがしに行っています。そして、しばふの中になにかを見つけたようです。

マガモはくちばしから、ピンク色のサテンのリボンをたらしながら、急いでもどってきました。

「これなんて、どうでしょう?」

「そうなの、こういうのがほしかったの。」

人魚はうれしそうに答えました。

そのリボンでかみの毛を後ろでたばねると、さいごにきゅっとちょうむすびをしました。そして、ヴァイオリンをひきながら、海の歌をなん曲も歌いました。そのあいだずっと、マガモは、潮《しお》の味がする水しぶきを思いえがいたり、岩にぶつかる波の音を聞いているような気分を味わっていました。

いちどだけ、しげみのほうで、なにかざわざわした音が聞こえたような気がしました。キツネじゃないかな、とマガモは思いました。でも、ライオンは両うでに頭をのせて、ぐーんとのび、とても気持ちよさそうにしていました。たとえキツネだとしても、人魚をひと目見てみたいという、キツネの気持ちがわかったので、マガモは知らんぷりしていました。

その夜は、あまりに早く時間がたちました。なんと、今夜は、モリフクロウがみんなを急がせてくれました。

「さあ、ミッドナイト・イン・サイン・クラブのメンバーたちよ。そろそろ仕事にもどったほうがよさそうじゃね？」

ミッドナイト・イン・サイン・クラブ！　真夜中の、やどの看板クラブ……？

なんてすてきでしょう。マガモは思いました。そんなとくべつなクラブのメンバーだなんて、みりょくてきです。

モリフクロウはつづけました。

「明日の夜には、またべつのお客さんをしょうたいするつもりじゃ。」

「だれだかわかりました！　ぼくにはわかりましたよ！」

マガモはこうふんしてパタパタ上下にとびはねながら、くりかえし言いました。

「まあ、よい。じきわかるさ、もの知りさんよ。」

モリフクロウはそう、じょうだんまじりに答えました。

すると、すぐさまおそろしい考えがマガモの頭をかすめました。

「ま、まさか、『ウサギと猟犬《りょうけん》のおやど』の看板《かんばん》の、イヌをよぼうとしているんではないでしょうね？　そうなんですか？　それならおねがいです。それだけはかんべんしてください！　ぼく、ウサギにゆるしてもらえません。」

「そんなことで、そのきれいな緑色の頭をなやませんでよい。わしだって、おまえさんと同じで、イヌの群《む》れがわしのなわばりに入ってくるなんてまっぴらごめんじゃ。さあ、さあ、急がないと、おくれるぞ。ライオンは人魚をつれて、もうとっくに行ったぞ。」

通りを走るマガモのそばを、ロケットのように走るウサギが通りすぎました。

「ああ、おっどろいた！」

ウサギはさけびました。

「そこで、ライオンと人魚に会っちまった。次は、だれなんだい？」

マガモは、なんとか、時間どおりにもどることができました。

そしてライオンは『人魚のおやど』に着くと、人魚を背中《せなか》にのせたまま、人魚が看板《かんばん》までのぼっていけるように、せいいっぱい体をのばしました。そして、人魚が看板《かんばん》にもどると、ライオンは草原をかけぬけてゆきました。

次の朝、ダンは農場へ行くとちゅうで『人魚のおやど』のところを通りかかりました。

看板《かんばん》を見上げて立ちどまり、もっと近くによりました。そして、ダンは、おべんとう袋《ぶくろ》を下において、柱によじのぼりました。

人魚のかみの毛にふれてみます。そして、うろたえながら頭をふりました。

柱からすべりおりたダンは、やどのドアをはげしくたたきました。ドアはすぐにあきました。タールさんが、早おきの人だったからです。

「タールさん、どうか、おねがいです。あなたの人魚のかみの毛が、ピンク色のリボンで後ろにたばねられているんです。それに、いいですか？　それが本物のリボンなんです。ぼくはちゃんとさわってみました。とってもつやつやした、なめらかなサテンの手ざわりだったんです。そのことを、お知らせしておいたほうがいいかと思いまして。」

かつて船のりだったご主人は、ズボンをぐいっとひっぱりあげ、ダンを見ました。

「たまげたな。」

そう、おどろいてさけびました。

「さあさ、おまえさん、よく聞いてくれ。おれは四十年ものあいだに、七つの海を

わたったんだ。だがな、いちどだって、リボンでかみの毛をむすんだ人魚に会うことはなかった。ほかのものでかみの毛をむすんだ人魚にもな！　それに、おれはな、そんなばかげたことをする人魚など、ぜったいゆるしておけない。さあ、さっさと農場へ行ってくれ。いい子だから。」

タールさんは、あわれみながら、ダンに向かってほほえむと、ドアをしめてしまいました。

「ちくしょう！」

ダンは袋《ふくろ》をひろい、肩《かた》にかけながら言いました。

「みんな、じぶんのこと、ぼくよりりこうだと思ってるんだから！」

人魚は、かみの毛を後ろでむすんだまま、看板《かんばん》の中ですわっているのが、とてもてれくさいことのように感じました。

でも、だれも、なにかおかしいとは気がつきませんでした。人間がどんなに不注意な生きものか、これでよくわかるでしょう。

4　マガモのハラハラドキドキ

次の晩《ばん》、マガモが池に向かっていると、ウサギがぴったりよってきて、同じくらいの速さまで、歩く速度をゆるめてきました。

「ちょっと、聞いてよ、マガモくん。」

ウサギは言います。

「キミさ、楽しそうでなによりだよ。でも、どうかと思うんだよね。オレの看板《かんばん》のイヌとかさ……。」

「ちがう、ちがうよ。そんな、心配しないでください。」

息ぎれしながら、マガモは言いました。

「ぼくたち、イヌには、真夜中のまほうのことを話すつもりはないですよ。だって、ぜんぶ、だいなしにしてしまいそうで。」

「そうか。おかしなまね、してくれるなよ。それだけ。じゃあね。」

そう言って、ウサギは去りました。

マガモが池に着くと、みんなはすでに集まって、マガモを待ってくれていました。

そして、そのすぐあと、モリフクロウもとんできました。

「お客さんがやってくるぞ。あっちじゃ。」

人魚を背中《せなか》にのせたライオンについでやってきたのは、白くて、どうどうとした生きものでした。

今回は、マガモがお客さんのほうへ歩みより、モリフクロウに言われる前に、あいさつをしました。

「ミッドナイト・イン・サイン・クラブの新しいメンバーとして、心からかんげいします。」

ユニコーンは、先に向かってくるくると長く、するどくのびた角《つの》をマガモに向けながら、形のよい頭をさげました。

「ご招待《しょうたい》、たいへんうれしく思っています。」

ユニコーンは言いました。

「じつは、かたくなってしまった関節《かんせつ》のせいで、体がギクシャクしています。明日の夜までにはきっとよくなる、とライオンが教えてくれましたけど。」

「そうですとも。」

マガモが答えます。

「新しい生活になれるには、体を動かすのがいちばん！　ええと、看板《かんばん》の中には、なん年くらいいたんですか？」

「百五十七年ほど。」

マガモは、じぶんがクラブの中で一番長いあいだ看板《かんばん》をまもってきた会員だということを知って、ホッとしました。おそらく、いつの日か、会長にえらばれることだってあるでしょう。

そして、マガモは首をのばし、人魚が丸石にすわるのを見ながら、羽をバタバタさせました。

「あの方、まるで絵のように美しいですね。」

と、ユニコーンは言いました。

「絵、か。ああ、思いだした！」

モリフクロウは言いました。

「おまえさんのやどには、なにか宝物《たからもの》がねむっている、なんてことはあるのかい？　金《きん》の入った袋《ふくろ》とか。なにかひみつにされたままのもの、

とかじゃ。」

ユニコーンはわらいました。

「わたしの知るかぎりでは、そんなものありません。わたしのやどは、いたってふつうのやどです。ごくありふれた、小さなやどなんです。どうしてです？」

マガモが、ユニコーンにやどの絵の話をしようとしたとき、池の向こうにいつものように白い尾《お》っぽの先が見えました。マガモはすぐに後ずさりしました。

「いったいどうしたんです？」

ユニコーンがたずねます。

「ああ、なるほど。あのずるがしこいキツネ、あなたをこわがらせているんですね？　わたしにおまかせください。」

ユニコーンはしっぽを、パシリ、パシリ、パシリ、と背中《せなか》にうちつけます。まるで、あの夜に見た、ライオンのしっぽのようです。それにしても、ユニコーンのしっぽは、ライオンのによくにていました。先っぽにふさがあり、つよくて、しなやかで、じょうぶそうでした。

ユニコーンは、池のまわりをかけ足で走ります。しずかですが、ものすごいつよさと、どうもうさが感じられる走り方です。そして、キツネにとびかかり、とうとう、しげみのほうまで追いやりました。

キツネは、ユニコーンのように、神話の世界に生きる動物を見たことがありません。

ユニコーンが、そのすばらしい角《つの》で、あわてふためくキツネのわきばらをくすぐると、キツネはゲラゲラわらって
「ごかんべんを！」

と言い、いちもくさんににげていきました。

「絵について……なんですが、なんておっしゃいましたっけ？」

みんなの輪《わ》にもどってきたユニコーンがたずねました。

モリフクロウは、『マガモのおやど』にかくされた高価《こうか》な絵について、語りはじめました。

そしてライオンは、自分の主人についてなやましく思い、どれほど心をいためているか、話さなくてはなりませんでした。

「かわいそうなひと。」

人魚はつぶやきました。

「だいじょうぶよ。きっといつの日か、ご主人にもいいことがめぐってくるわ。」

「絵……絵ね……。」

ライオンのとなりに横たわったユニコーンは、考えこみました。

「どこかで、耳にしたような……。ええと、ちょっと待ってください。さいきん、絵のことで、なにか聞いたとすれば……。ちょっと席《せき》をはずしていいですか?

みなさんといっしょだと気持ちが落ち着かなくて、きちんと思い出せないから。ああ、そうです！　けさのことですよ。あまりよい印象《いんしょう》をもてなかったのですが、ふたりの男が、うちのやどの看板《かんばん》の下で立ち話をしていたのです。入り口の外においてあるメニューを見ていたようですが、あれは〝ふり〟でしょうね……。」

ユニコーンは少し、間《ま》をあけました。

「それで？　それから？」

マガモはせかします。

「なにを話していたの？」

「もし、私のきおくが正しければ、ひとりがこう言ったのです。『この古い手紙と地図によると、〝マガモのおやど〟は、この村のはずれだな。あの〝ウサギと猟犬《りょうけん》のおやど〟の手前だ。ここからだと、おれたちは〝人魚のおやど〟を通りすぎて、次に〝ライオンとヴァイオリンのおやど〟をこえて……すると目的の場所にたどり着くわけだ。』そう言ってふたりはまるで朝のさんぽにでもでかけるかのように、歩きだしたのです。」

「でも、絵については？　なにか言っていたの？」

マガモは聞きました。

「ちょっと待ってください、マガモさん。これから、お話します。ふたりはまもなくもどってくると、またわたしの看板《かんばん》の下で立ちどまったんです。そして、ひとりがこう言いました。『あの絵はまだ、例のやどのかべにかかっているらしい。べつの絵が上からぬられたままでな。さもなければ、地下にかくされているか、だ。とにかく、おれたちは明日の夜、あそこをさがしてみようじゃないか。真夜中、十二時半ごろはどうだ？　その時間なら、だれも家にいるまい。』そう言ってわらっていたんです。あのいじきたないような高わらいを『わらい』とは言いたくありませんけどね。」

マガモは、すごく不安になりました。

「でも、どうして明日の夜にはだれもいなくなる、なんてこと、わかるんでしょう?」

「わしは知っとる。」

モリフクロウが口をはさんできました。

「明日の夜、公民館《こうみんかん》でダンスパーティーがあるのをわすれておったか? 観光客《かんこうきゃく》もふくめて、とにかく村じゅうの人々が招待《しょうたい》されておるのじゃ。おまわりさんだって、村のパトロールをいったんやめてしまうくらいじゃ。どろぼうには、もってこいの夜ってわけじゃな。」

「なにかできないものかしら。」

せつなそうに、人魚がたずねました。

「わたしが、もし、大きくて、力があって、かんぜんに人間のすがたをしていたら、なんとかしてやめさせられるのに。」

「力の問題でもなさそうじゃ。たくみな手口には、たくみなアイデアでせめなければ。」

モリフクロウは言いました。

「どうやって?」

マガモは問いかけます。

ところが、モリフクロウは目をとじ、肩《かた》に頭をうずめてしまいました。まるでねむってしまったかのようです。

ガマガエルはプッとふくらみ、提案《ていあん》しました。

「ぼくらの友だちに協力《きょうりょく》してもらって、『マガモのおやど』の入り口にさくを作ってさ、どろぼうを追っぱらうってのはどう？　うまくいくと思わない？」

小さな生きものが大の大人《おとな》ふたりを追いはらう、などというアイデアを想像《そうぞう》しただけで、マガモはどこか楽しい気分になってしまいました。

「わたしにできることは、この角《つの》で、どろぼうに身のちぢむような思いをさせることでしょうか。でも、あまりかしこい方法とはいえませんね。」

ユニコーンは言いました。

すると、ライオンが言います。

「このヴァイオリンと弓さえなければ、かんたんに追いはらえるのに。」

モリフクロウは目をさまし、大きな声で
「ホーーー。」

と鳴きました。

みんな、びっくりしてとびあがりました。

「いい考えがある。」

モリフクロウは話しはじめました。

「ミッドナイト・イン・サイン・クラブのメンバーよ、しっかりと聞いてくれ。」

マガモがやどに帰るあいだ、頭の中は、こうふんのあまりザワザワしっぱなしでした。ですから、ウサギの言う
「ユニコーンも来たの？　ええ？　やれやれ、キミはこの村のたくさんの動物に

会えたわけだから―もちろんイヌいがいさ―さぞかし満足《まんぞく》だろうね。」

などという言葉も、聞きながしていました。

「ああ。はい。そうですね。」

マガモは看板《かんばん》のいつもの場所にもどりながら、どこかぼんやりと返事をしました。

ライオンは、きちんと時間どおりに、人魚を看板《かんばん》にもどしてあげ、そしてじぶん自身ももとの場所にもどりました。でも、ユニコーンは、なにせはじめての外出だったので、少し時間がたりませんでした。

ひょろっとしたダンのすがたがいつものように近づき、『ユニコーンのおやど』の外でとまりました。

「いったいぜんたい、ユニコーンはどうしたんだ?」

ダンはユニコーンを見上げてさけびました。ダンは、やどのベルを鳴らし、やっとのことでご主人をおこしました。ご主人は寝室《しんしつ》のまどから、頭をつきだしています。

「スタブさん、たいへんなんです。あなたのユニコーン、しゃがんでいるんですよ。いつも前足のひづめを空に向けて、後ろ足でまっすぐ立っているのに！」

「おい、ダン。」

スタブさんは、なんとかいかりをしずめながら言いました。

「今日のところは見のがしてやる。ただし、もしそんなふざけた話をしにもどってきたら……、そうしたら……。」

だんだんとどなり声にかわっていきました。

「こんなばかげた時間に、おれをおこしてみろ。おまわりをよんでやるからな！」

後ずさりするダンに向けて、スタブさんはにぎりこぶしをふりまわしました。

ダンは急いでにげました。おまわりさんとしょうとつするのは、まっぴらでしたから。
「やどのご主人たちは、じぶんの鼻先よりも向こうはなにも見えないんだろうか。」
ダンはむすっとして言いました。
とうとうその日は、だれひとりとして、じ

ぶんの鼻先より向こうを見た人はいなかったので、ユニコーンのすがたはそのま
ま気づかれずにいました。

ユニコーンにしてみれば、まる一日、休めの体勢《たいせい》でいられて、楽しかったので
す。でも、これからはもっと気をつけなきゃ、と思いました。もう、すわってい
るすがたが見つかるなんていやですから。

5　モリフクロウの作戦

次の日、十二時のかねが鳴り、看板《かんばん》からとびおりてきたマガモは、モリフクロウの指示《しじ》をおぼえていなければとりかえしがつかないことになるぞ、と思いました。

それは「まっすぐ『ライオンとヴァイオリンのおやど』に向かいなさい」という指示《しじ》でした。そこで、半分歩き、半分とぶ、といったぐあいで、道を急ぎました。

まもなく、向こうのほうから、ライオンが急いでやってくるのが見えました。

ふたりが会うとすぐ、ウサギが全速力で通りすぎていきました。

「おふたりさん、いったいどうしたっていうのさ?」

いぶかしげにウサギはたずねましたが、べつに、答えを待ってはいませんでした。

マガモとライオンはあいさつをかわすと、おたがいにまるっきり反対の方向へ向かいました。つまり、マガモは『ライオンとヴァイオリンのおやど』へ、ライオンは『マガモのおやど』へ、というふうにです。

マガモはやどに着いたとき、ハッとたいへんなことに気づきました。

すぐにぐるっと向きをかえて、とんでかえりました。

「ライオンさん、ライオンさん。」

マガモは息をきらしながら、ライオンをよびました。

「ヴァイオリンと弓!　とりにもどってください。『カモとヴァイオリンのおやど』なんて聞いたことありませんよ!」

「ああ、しまった! やってしまった。」

小さな声でライオンは言いました。

そして、くるっと向きなおり、急いでもどっていきました。

『ライオンとヴァイオリンのおやど』に着いたマガモは、からっぽの看板《かんばん》の中にとんで入ってゆきました。なかなか大きな看板《かんばん》です。もちろん、ぴったりというわけにはいきませんが、とてもうまくバランスをとりました。

いっぽう、ライオンにとっては、いつもの場所よりも小さい『マガモのおやど』の看板《かんばん》に入るのは、ほねのおれることでした。ヴァイオリンや弓のことは言うまでもありません。でも、じぶんの体をぎゅっとちぢめて、どうにかして看板《かんばん》に入りこむことができました。

公民館《こうみんかん》のほうから、音楽が聞こえてきます。音楽いがいはまったく聞こえないというくらい、今晩《こんばん》はしずまりかえっています。

でも、マガモには、なにかがこちらに近づいてくる足音が聞こえました。懐中《かいちゅう》電灯《でんとう》がピカッ、ピカッ、と光るのも見えました。ドキドキしてふるえながら、マガモはこんなことを思っていました。

「あれがどろぼうにちがいない。まず『ユニコーンのおやど』、そして『人魚のおやど』を通りながら、看板《かんばん》をチェックしているんだ。」

さあ、受けてたちましょう。

『ライオンとヴァイオリンのおやど』に男たちがやってきたとき、懐中電灯《かいちゅうでんとう》の光が看板《かんばん》に向けてピカッと光りました。

「ここが『マガモのおやど』だな。」

ひとりが看板《かんばん》の下で立ちどまり、はっきりしないようすで言いました。

「なに、ちがうよ。どうした？　行けよ。ここで遊んでいるひまはないんだ。地図では、ここは『ライオンとヴァイオリンのおやど』だぞ。それで、次が『マガモのおやど』だろ。」

「ちがうさ。ここが『マガモのおやど』だ。見てみろ！」

そして、また看板《かんばん》に光があたりました。

ふたりは、看板《かんばん》をじーっと見ました。

「おまえの言うとおりだ。あれはまちがいなく、カモだな。夜はガラッとちがって見えるもんだなあ。でも、急いで次のやどに行って、もう一度たしかめたほうがいいな。」

そう言うと、全速力でかけていきました。

ふたりはすぐにもどってきました。

「どうして、こんなまちがいをしてしまったんだろうな。しんじられない。『マガモのおやど』が村のはずれから二番目のやどだ、って、自信《じしん》あったんだけどなあ。」

「ああ、でもちがった。ま、とにかく絵をぬすむぞ。公民館《こうみんかん》からみんながでてくる前ににげるんだ。急がなきゃ。」

ふたりは合鍵《あいかぎ》でおしいります。男たちが、横木がはずれたままの玄関《げんかん》のドアをあけるところを、マガモはじっと見ていました。

開いたままのドアからは、男たちがへやをゴソゴソ動きまわる音が聞こえています。ふたりは、食堂で時間をかけて、どうやらすべての絵を調べているようでした。

そして、玄関《げんかん》にもどってくると、へんなさけび声をあげました。

「どう考えたってここじゃない。おれは、ぜんぶの絵を、ほんの少しずつひっかいてみたんだ。ところが、どの絵からも、なにもでてきやしないぜ。」

ひとりが言いました。

「おい、待てよ。もっとさがすんだ。早くしないと、この場所をすみずみまでさ

がさないうちに、ダンスが終わっちまう。」

ふたりは、ろうかのかべにかかった絵を一枚《まい》一枚《まい》、ていねいに見ました。

それから、かいだんやおどり場も、くまなくさがしました。

そして、とうとう地下室に行くことにしました。

十分くらいたったころでしょうか、ふたりが玄関《げんかん》にもどってくる音が聞こえました。見たところ、ふきげんで、いらいらしたようすです。

「あの古い手紙と地図は、いたずらだったにちがいない。『マガモのおやど』には、高価《こうか》な絵などなにひとつないさ。まちがいない。早いところ、ここから手をひいて、にげようぜ。」

「ちょっと待て！　ここの鉄の輪《わ》はなんだ？」

マガモにも、ガタガタいう音が聞こえました。

次の瞬間《しゅんかん》、男たちのようすが、よくわからなくなりました。すると、ギシギシいう音とともに、

「もうひとつの地下室だ。」

という、男のとくいげな声が聞こえました。

「絵がかくされているのは、まちがいなくここだ。はしごをおりるぞ。おれについてきな。」

マガモはとまどいました。地下室がふたつだって？　そして、じぶんで言って

おかしくなりました。そんな、まさか。地下室はひとつだけしかないよ。男たちは、ライオンが話していた井戸《いど》のほうへおりていったんだ！

男たちはもうれつないきおいでおりていったのです。

そして、とつぜん、バリッというにぶい音がしました。はしごがはずれて、すさまじい音とともに井戸《いど》の底《そこ》に落ちたのです。

バッシャーン。

さけび声が聞こえました。なんというさけび声でしょう！　もし、村人たちが公民館《こうみんかん》に行っていなかったら、村じゅうの人々がおきてしまったでしょう。

マガモは今すぐ看板《かんばん》からおりたかったのですが、さけび声がさらにすさまじくなってきたので、だれかが聞きつけてやってくるだろうと思うと、おりられませんでした。

まもなく、やどに近づいてくる足音が聞こえてきました。見まわりのおまわりさんでしょうか？　マガモは、懐中電灯《かいちゅうでんとう》が看板《かんばん》にあてられませんように、と心からねがいました。

ところが、おまわりさんではありませんでした。ダンです。ダンスにあきてしまい、外の空気をすいに、星や月のかがやく夜空や夜の虫たちを見に、でてきたのです。

ダンは『ライオンとヴァイオリンのおやど』に近づくと、口笛《くちぶえ》をふくのをやめ、首をかしげて、耳をすましました。

「おかしいな。」

ダンは言いました。

「さけび声が聞こえたような。なにかのまちがいかな。みんなダンスの会場にいるはずだもんね。」

ところが、やどに近づくにつれて、さけび声はどんどん大きくなりました。月あかりに目がすっかりなれていたので、懐中電灯《かいちゅうでんとう》などいらないダンは、看板《かんばん》に目をやりました。

「いったい、キミはそこでなにやってるんだ？」

あっけにとられてダンはたずねました。

「ライオンはどこ？」

マガモは聞こえないふりをしました。

するとダンは、頭をポリポリかいて、こまったというようすでやどの中に入っていきました。玄関《げんかん》のあかりをつけ、ろうかをおりていくと、ひらきっぱなしのはねあげ戸を見つけました。

ダンはひざまづいて、井戸《いど》の中をのぞきこみました。うめき声やうなり声、助けをよぶ声がとめどなく聞こえてきます。よくよく見ると、井戸《いど》の底《そこ》に、なにやら白いかげがふたつ見えてきます。

「こんな夜おそくに、そんなところでなにやってるの？」

なにも知らず、ダンは聞きました。

ダンは、今まで人がだれかをだますなんて、うたがったことがなかったのです。

「ちょっとさがしものをしているんだけど、おりようとしたらはしごがこわれてね。ここに水があるとは知らなかったんだ。」

ひとりが言いました。

「それに、井戸《いど》のかべからレンガがはがれ落ちてきて、ああ、もう、頭にこぶができちまった。」

もうひとりがうめきながら、水の中でもがきました。

「おぼれているの？」

心配しながらダンはたずねました。

「いや、だいじょうぶだ。水は一フィートくらいしかないいんだ。でも、こおりそ

うなくらいつめたいし、おれたちケガもしちまってるんだ。たのむから、はしごでもロープでもなんでも、とにかく持ってきてくれ。」

「うーん。ロープとかはしごとか、井戸《いど》の底《そこ》までとどくものなんて、どこさがしたらいいかわからないよ。すごく深いんでしょ？　ぼく、知ってるんだ。」

「じゃあ、おねがいだ。だれかをよんで、おれたちがここにとじこめられていることをつたえてくれ。」

やけになって、ひとりが言いました。

「だれもぼくの話なんか聞いてくれないよ。

ぼくの言うことを、だれもしんじてくれたことがないんだ。」

あっさりとダンは言いました。

ダンは立とうとして、井戸《いど》のかべのあなに気づきました。レンガがはがれていたのです。

ダンはかがみこんで、そこにある大きな四角いブリキの箱《はこ》をとりだしました。

「へんだよねぇ。」

箱《はこ》をひざにのせ、ゆかにすわりこみながらダンは言いました。

「ブリキの箱《はこ》があるなんて。」

「箱《はこ》のことなんか気にするな。」

ふたりはさけびました。

「助けをよびに行ってくれよ。いいかげん、肺炎《はいえん》になっちまうよ。」

「言ったでしょう。だれもぼくの言うことはしんじないの。」

ダンは、せっせと箱《はこ》をあけながら答えました。

なかみをとりだして、ひとつひとつおいてみました。お札《さつ》のたばがいくつもあったり、なにやら大事そうな書類《しょるい》もでてきます。

さらに、小さなキャンバス地の袋《ふくろ》をさかさまにしてみると、たくさんの金貨《きんか》がゆかにちらばりました。

「わあ、これを知ったら、ハーストさん、ものすごくよろこぶだろうな。」

ダンは井戸《いど》の中に向かって、大声で言いました。

「ハーストさんの人生がガラッと、よい方向にかわるよ。これでまた、やどをきれいにできるから、お客さんの心もつかめる！」

「なあ、助けをよんできてくれよ。たのむ。行ってきてくれ。」

ダンは、ハッとあることをひらめきました。

ほんとうに、なんてかしこいのでしょう。もし今、ダンが会場へ行って、ハーストさんに井戸《いど》にいる男たちのことをつたえても、無視《むし》されてしまうでしょう。これこそほんとうのことなのに。ああ、でも、そうなってしまうんです。

ところが、今回ばかりは、ダンは証拠《しょうこ》をにぎっています。うそじゃないという証拠《しょうこ》を！　もしハーストさんが箱《はこ》をあけ、なかみをよく見たら、じぶんの目をうたがうはずはないでしょう。

そして、実際《じっさい》のところは、まさに、そのとおりになりました。

ハーストさんは、やっぱりダンの言うことをはじめは聞きませんでした。

「またほら話か？　ダン？」

と、まぶたをピクつかせながらそう言ったのです。

ところが、ダンがハーストさんの両手に箱《はこ》をのせ、ふたをあけると、ハーストさんは大声をあげました。

「この箱《はこ》は？　父さんの箱《はこ》なのか？　そうか、父さんがこの箱《はこ》に財産《ざいさん》をかくしていたというのか!」
ハーストさんの声に
バンドの演奏《えんそう》がやみ、
人々がまわりに集まっ
てきました。
そして、ダンが今お
こったことを話すと、
みんな『ライオンとヴァ
イオリンのおやど』に
つめかけました。

いっぽう、ダンがやどから出ていくやいなや、マガモは看板《かんばん》からとびおりて、『マガモのおやど』へもどっていきました。

マガモは早くおりて、とライオンをせかします。ライオンは、きゅうくつな体勢《たいせい》にさせられていたので、ブツブツもんくを言いながら、柱をおりてきました。

でも、そのうれしい知らせを聞くと、すぐに元気づきましたけれどね。

「やった、やった。まちがいないよ。あの箱《はこ》の中にはひと財産《ざいさん》入っていたんだ！」

マガモはさけびました。

「そうだ、そうだ。これは今世紀《こんせいき》さいだいの、ビッグニュースだ！」

ライオンがほほえみながら言います。

「心からおれいを言うよ。」

「ちょっと待ってください。ぼくたちが看板《かんばん》を入れかわるこのアイデアを思いついたのは、モリフクロウですよ。」

マガモはひかえめに言いました。

「それはもっともだな。でも、そもそもマガモくんが、真夜中のまほうのことを一番はじめにウサギから聞いたときに、さっと看板《かんばん》からおりていなかったら……。わたしたち、だれひとりこのことを知らずにいた。もしそのままなら、マガモくんのやどの絵もぬすまれていただろう。もちろん、ハーストさんのところにねむっていたお宝《たから》も、発見されることはなかっただろうね。」

「急ぎましょう！　看板《かんばん》にもどるんです。みんなが帰ってくるのが聞こえます。」

マガモはせきたてました。ライオンは、はねて行きました。こんどは、ヴァイオリンと弓をわすれずに。

ダンを先頭に、人々がとうちゃくするころ、マガモとライオンはきちんと、看《かん》板《ばん》のもとの場所にもどっていました。『マガモのおやど』の前を通りすぎるとき、ダンが看板《かんばん》を見上げました。

「ははーん。ちゃんともどったんだね？」

ダンは言いました。

「わかってるよ。ライオンと入れかわっていた。そうでしょ？」

「なんて言ったんだ？　ダン。」

ハーストさんはたずねました。

「なんでもありません。だんなさん。」

ダンはあどけなく答えました。

今にも夜があけるというころ、ウサギが通りすぎました。ウサギはマガモをチラッと見上げます。

「ねこかぶってなあい？」

マガモに一言そういいました。

「でも、オレにはお見通しなのさ！」

いつものように朝がやってきました。すべてがもとどおりです。次の日の夜までは、ね。

6　真夜中のできごと

次の日の夜、ミッドナイト・イン・サイン・クラブの四人のメンバーたちは、十二時の二回目のかねが鳴りひびくころには、看板《かんばん》からでてきていました。

そして、マガモが道にとびおりると、ウサギが通りすぎ、ザーッと横すべりでとまりました。

「すごいよね。まいったよ。キミたちがした、きのうの夜のことっていったら！　考えられないよね。でもさ、話を聞いているひまはないんだ。」

ウサギはすぐすがたを消してしまいました。

いったいウサギは、いつも真夜中になにしているんだろう、とマガモは思いました。

でも、池で待ちうけている楽しみを考えると、すぐにウサギのことはわすれて、ウキウキしてきました。

きのうの夜じゅう、看板《かんばん》でじっとしていた人魚とユニコーンは、どうなったのかきちんと聞きたくてしかたがなかったのです。

人魚は、ハーストさんの幸せな話を聞くと、むねがいっぱいになりました。銀色の雨つぶのようななみだが、目のはしに光っていました。

「言ったわよね、ライオンさん。ハーストさんには、きっと、いいことがやってくるって。ハーストさんなら、きっと、そのお金を上手に使うわ。それから、これだけは言わせてね。ライオンさん、今夜はあなたが前よりももっとすてきに見えるのよ。毛皮はつやつやしているし、目もキラキラしているじゃない。」

ライオンは、きちんとすわりなおしました。

「さいこうの気分だよ。ありがとう、人魚さん。」

ライオンは言いました。

「これから先、少なくとも二百年くらいは、この看板《かんばん》の中で、いい仕事ができそうだよ。」

でも、ライオンがヴァイオリンをわすれた、という話を聞くと、人魚はわらいがとまりませんでした。

「わすれっぽいのって、女の人だけだと思ってたわ。」

人魚は言いました。

「わたしだって、かみの毛のリボンをとるの、ときどきわすれてしまっていたの。これをつけているのが、とっても好《す》きで。でも、夜があける前にかならずとっておかないとね。」

「それから、そうそう、『マガモのおやど』の看板《かんばん》のきゅうくつなことったら！」

ライオンは言いました。

「一時間近く、息をつめていないといけなかったんだよ。」

「へえ、聞きました？　なんておおげさな話でしょう！」

楽しい話にくわわりたかったユニコーンが言います。

「息をしていなかったら、今ごろ生きていられませんよ。」

「おや。」

ライオンは答えました。

「わたしはただ、こんなふうに、息を一回に少しずつしかできなかったと言いたかったんだよ。」

そうして、深く息をすうと、ゆっくり、ゆっくりと、スーッという音をたてながら、息をはきだしました。

「どろぼうも、ダンスパーティーでおどっていた村人たちも、みんな、そんなに大きな音なら聞こえていたでしょうね。」

わざと、ユニコーンはそう言いました。

「ほうら、そこのふたり、言いあらそいはやめんかい。さあ、おいわいのお祭《まつり》じゃ。音楽会の前に、だれかひと泳ぎするかね？」

モリフクロウはたずねました。

しんじられるでしょうか。モリフクロウいがいのみんなが池にとびこみました。そのため、トウヒの木の二番目の枝《えだ》のところまで、水しぶきがあがったのです！

マガモは、森のハリネズミがみんなのところにやってきたのに気づきました。月も、ここでなにがおこるのか見ていたくて、黒く大きな雲をおしよけました。

そして、人魚こそが、もっとも上品に、もっとも速く泳ぎ、そしていちばん長い時間、水の中にいられるのだ、ということをだれもがみとめました。

人魚は丸石の上にこしかけ、ヴァイオリンを手にとると、それをひきながら歌いました。

なんてここちよいのでしょう。まほうにかかったような気分です。マガモはむねに頭をうずめ、まるで美しい夢《ゆめ》の国にいるような気分を味わっていました。

ところが、とつぜん、マガモはわれにかえり、ハッとして鳴きました。ライオンとユニコーンは、おどろいて顔をあげます。

でも、人魚はマガモの頭をなでながらたずねました。

「どうしたっていうの？　マガモさん。」

マガモは、しげみのほうを見てびくびくしています。そこには、白いものがぼんやり見えるのです。人魚はなにかしらと思いながら、同じ方向をじっと見ました。ライオンは頭を動かすことなく、こうささやきました。

「キツネじゃないよ。ダンみたいだな。気にしなくてだいじょうぶ。さ、人魚さん、演奏《えんそう》をつづけてよ。」

人魚は、イルカやクジラなど、海にすむみりょくてきな生きものたちの歌を歌いました。

そこにいたのは、まさに、ダンでした。ダンはしげみのかげにしゃがみこみ、目の前の光景《こうけい》に心うばわれながら、ただじっと見ていました。

ダンは、なんとなく、まほうの力がはたらいているのでは、と感じとっていて、今晩《こんばん》こそ、ほんとうのことをつきとめようと心に決めてやってきたのでした。

夜あけのほのかな光がさしても、ダンはまだそこにいました。

ミッドナイト・イン・サイン・ク

ラブのメンバーは、いつもながら、その場をはなれたくなかったのですが、夜があけるまでに、なんとかそれぞれの看板《かんばん》にもどらないと、と思っていました。

そして、マガモと、口にヴァイオリンと弓をくわえて背中《せなか》に人魚をのせたライオン、ユニコーンがそれぞれのやどにもどっていくのを見てはじめて、ダンも家に帰り、ほんの少し休もうと、急いでベッドに入りました。

ダンは、よく朝、いつもより少しおくれて仕事にでかけました。それでも、『ユニコーンのおやど』の看板《かんばん》を見上げる時間はありました。一番はじめに通るやどです。ダンは、大きくほほえみました。

「今日はすわっててていいの？」

と、話しかけました。

「時間どおりにきちんと仕事について、いつも正しいかっこうでいなくちゃね、ユニコーンさん。」

そう言って、ダンは仕事へ向かいました。

『人魚のおやど』のところにさしかかると、柱にのぼって、やわらかいサテンのリボンにさわりたくなりました。

「ほんものの女の人みたいだ。」

ダンは言いました。

「あなたは、仕事につく前に、かならずかみをほどかないとね。美しい人魚さん。」

ダンは次へ急ぎました。

『ライオンとヴァイオリンのおやど』のところでは、うれしそうにとびはね、ライオンのしっぽのふさに指でふれようとしました。看板《かんばん》よりも二インチほどたれさがったふさを、少しばかりつねりました。

「すごくみっともないぞ。」

ダンはしかりました。

「明日には、もっと元気よくしっぽをあげてね！」

そして『マガモのおやど』に来ると、ダンは頭をふって言いました。

「もうすっかりわかったよ。西ばかり見ているのにあきたんでしょ。景色《けしき》をかえたかったんだよね。でも、西の方角をまたすぐに向いてもらわないとこまるよ。だれかが気づいてしまう前にね。」

ダンは、気分よく仕事へ向かいました。真夜中のまほうのことを知った今は、うれしくてしかたありません。それに、ダンはもう、ドアをノックしてやどのご主人たちをおこしたりしません。

なんてすばらしい！　そうです。今ではみんなが、ダンの言うことをしんじます。そして、もうにどと、しんじてもらえない、なんてことはないのです！

ダンは、『ウサギと猟犬《りょうけん》のおやど』の前を通りすぎるとき、看板《かんばん》を見たい気持ちをなんとかがまんしました。ダンは、〝真夜中のまほう〟のことを猟犬《りょうけん》に知られてはいけないと、よくわかっていたからです。

村人たちは、というと、このあいだの夜のさわぎでとてもつかれていましたし、寝不足《ねぶそく》でぼんやりしているようすでしたので、看板《かんばん》をじっくり見るような人はだれもいませんでした。なぜ男たちが『ライオンとヴァイオリンのおやど』の井戸《いど》に落ちたのか、あれこれ考えていたようですけれどね。

ミッドナイト・イン・サイン・クラブのメンバーたちは、少しばかり不安な一日をおくったようです。これから先は、もう少し注意をはらいながら仕事をしよう、とみんなで決め合いました。りっぱな態度《たいど》に正しい姿勢《しせい》、そしてきちんとした身なりで仕事をしよう、と。今までずっとそうであったように。（いえいえ、ちょっとちがったときもありましたけどね。）

でも、これから先は、ずっと、ずっと……。

真夜中のまほう

2006年2月1日　第1刷発行
2013年5月15日　第2刷発行

文／フィリス・アークル
絵／エクルズ・ウィリアムズ
訳／飯田佳奈絵
発行者／落合直也
発行所／ＢＬ出版株式会社
〒652-0846 神戸市兵庫区出在家町 2-2-20
tel.078-681-3111 http://www.blg.co.jp/blp
印刷・製本／大村印刷株式会社

NDC933 119p 22×16 ㎝

Printed in Japan ISBN978-4-7764-0163-6 C8097